詩集　「死海」

髙橋渉二

目次

イスラエル詩編

ガリラヤをゆく　8
ヨルダン川のみなもとへ　12
クムランと虹　16
死海　20
壁　24
ずるいひと　28
憎い人　32
貧しい人　36
楽園　40
スーパーマン・七つのしるし　44

獄中記そのほか

見よ　わたしは戸口に立ってたたいている　52
アカン獄中記一、　56
アカン獄中記二、　60
アカン獄中記三、　64
二月のウォーキング　72
八月のウォーキング　76

あとがき　81

イスラエル詩編

ガリラヤをゆく

飢えることもなく渇くこともなく
ガリラヤ地方を走るわたしたちのバス
バスが移動するチャーチであるとき
バスは福音にみたされて満員だ

あちらこちらに空席があっても満員だ
わたしたち異邦人の目には見えないが
人間の目にその姿は見えないのだが
空いた席にはだれかが居るようだ
その人はペトロなのかパウロなのか

この地上にふるさとなどいらない人たち
あるいはふるさとを捨てた人たち
その人たちがわたしたちに同行して下さって
バスのなかの空いた席に居るような気がする
あの人の座席もふるさとにはなかったように

ガリラヤ湖にむかって走るバス
天の父のことを思わず
地上の人のことだけを思うとき
チャーチであるバスはエンコする
と　その人は言う　まことにまことに

同行して下さる人たちのことを心に留めて

見えないふるさとを思うわたしたち
ガリラヤ湖に抱かれた淡水魚となって眠る
導かれ　救われ　贖われ　受け入れられて

ガリル　ガリラヤ　ガリライヤ
ガリラヤ湖の朝の透明な風を着せていただき
わたしたちの旅するチャーチはまた出発する
イズレエル平野を走るバスチャーチ
かつて　ラクダが往来していたところだ

ラクダの隊商が盗賊に豹変するとき
天の父のことを思わず
地上の戦利品のことだけを思うとき
戦車にされたラクダはエンコする

と　その人は言う　まことにまことに

大金持ちとラクダと針の穴の譬え　その
聖なる譬えをわたしたちに授けてすすむバス
「からし種一粒ほどの信仰があれば」※その
バスは針の穴をも通過する
と　あの人は言う　まことにまことに

※「ルカによる福音書」一七・6

ヨルダン川のみなもとへ

テル・アビブより
わたしたち異邦人は出発する
北へ　カイサリアへ
北へ　アッコーへと地中海沿岸を走るバス
むかし　この海岸に押し寄せてきた侵略の波
否　いまもなお　波と激突する波
ねたみ　にくしみ　ののしり　あやめる
人の波という波が押し寄せては砕けている
内陸の川岸にいたるまで血の波しぶき

わたしたちはこの旅にえらばれた
否　いまもなお　弱くて小さいものが
標的にされている国をゆく
わたしたちはバスのなかの小鳥にすぎない
北へ　北の果てダンに突きあたるバス
ダン　ここは国境の森だ
レバノンとシリアの間にはさまれたイチジク
スズカケ　オリーブ　ユーカリ　シラカンバ

ダン　ここはヨルダン川のみなもとだ
ごうごうごうごうとあふれあふれる
とうとうとうとうとながれながれる
目にさらさら耳にさわさわ水の音
否　からだぜんぶを受信機にして

わたしたちは聴く　森のなかの幼虫となって
このダンをたまわり
ダンをかばってくださるものよ
ダンからくるものヨルダン

むかし　あの人はこの川の水で洗礼を受けた
わたしたち異邦人にも与えられるのだろうか
生き生きとした水の恵み
とわにかわくことのない水を
渇いている人ならだれでも
内から生きた水が川になってながれでる
のだろうか　ほんとうにほんとうに

むかし　あの人はこの北の地で

「わたしのことをだれにも話さないように」
と弟子たちを戒めたけれど
あの人の名はとうとうとさらさらと
ながれる川の水となってひろまっていった
風となり　砂となり　星のひかりとなった

あの人の名をとなえるものたちは
追放され　狙われ　処刑された
その人たちの内にごうごうと
生きた水が川となってながれていたがゆえに
どうか　わたしたち異邦人にもください
生きた水がながれでるように

クムランと虹

大空の窓と扉が開かれ
どしゃぶりの雨が降る
どしゃぶりの雨はやがて小雨となり
その下をわたしたちは歩きはじめる
古代の遺跡のある方へと

雨合羽は透明な翼で守護されている
いつしか小雨は大空に姿を消し
雨合羽の透明な翼も昇ってゆく
大空の上のはるか上に戻るために

わたしたちはやって来た
ヨルダン渓谷の南　ユダの荒れ野に
ここは死海のほとり　クムランだ
おお　切り岸の肩にかけられる虹の橋
ノアが見た弓なりひかり　契約のしるし

この国の人々はなんど堕落したことか
たとえ選ばれた民族だとしても
人々は裕福になると
苦しみや試練に耐えることから逃れる
偶像を造ったり売ったり拝んだりする
そして転がり落ちる　背教の坂を

日出づる国からやって来たわたしたちの
まわりにも偶像があふれているではないか
それを親しい人が拝んでいるのではないのか
よく目を凝らして見るがいいという声がする

ここは死海のほとり　クムラン
草も木も生きることのできない土地だ
かつて　ここで身を合わせ身を捧げ
試練に耐えて生きる人々がいた
やがて来る世の終わりに備えるために
彼らは翼をもつ言葉を活写しつづけた
彼らの遺跡の上に美しい虹　弓なりひかり
そのひかりのはるか上に彼らは帰っていった

死海

ここに魚はいない貝もない
純白の氷とみまごう塩の柱
珊瑚とみまごう塩の塊があるだけ
ここは海抜マイナス四百メートル
地球上でもっとも低い湖
水草もなく涸れはじめている湖だ

エン・ボケック　二千五年一月
わたしはパンツ一枚になって
死海の冷たい水の上に浮いていた

すると　からだは一枚の木の葉となる
ゆだねなさいゆだねなさい
葉っぱになって身をゆだねなさい
湖上の葉っぱになって浮遊しなさい

ここは泳ぐところではない
クロール　バタフライなんかやると
死の海の大いなる水に平手打ちをくわされる
バタバタ人間の意思などあらわにすると
塩分三十五％の水の炎に目を焼かれる
だからひとは一枚の葉っぱでいい
そう　そうやって身をゆだねなさい

葉っぱになっているわたしの水面下

湖底に水没したソドムの町がある
欲望と意地とをあらわにしたソドム
天から火の豪雨によって裁かれた町が
湖底は地獄　呪いの泥濘にはまって
二度と浮きあがることのできない町がある
わたしはその上に浮いている　贖われて
（だからといって思いあがってはいけない）

ここに魚はいない貝もない
水草もなく涸れはじめている湖だ
だが新たなる水がそそぎこまれて
死の海はうまれかわるだろう
西の方から生命力のある川の水が流れこみ
水草が生え　魚がうまれあふれる

そして死の海はよみがえるだろう
漁師たちがそのほとりに住みつき
網を張り　網を干す日がくるだろう
エゼキエルよ※

わたしは死海の上に浮いている
一枚の葉っぱとなって
すべてをゆだねて

※『旧約聖書』エゼキエル書　四七章参照

壁

破壊された神殿の
からくも残った壁に向きあい
渾身　喪服姿の棒ぐいになっている
ユダヤのひとびとは
冬の雨に打たれながら
「何」に祈っているか
「何」を祈っているのか

その嘆きという壁に
その黒い棒ぐいに

うしろ髪を引かれるバスは発つ
生き残りである壁の　影法師を
背にのせているように思えるわたしは
バスのなかの小羊にすぎない

バスはのぼる　エルサレムの南へ
小高い丘にひろがる古い街に
パレスチナの検問所があった
境界の壁に張りめぐらされた荊棘線《ばらせん》
蔦となってからみあっている荊棘線
その棘という棘が空に傷を負わせている

生きものである空の壁
空は血を流しているだろう

わたしたちには見えない血を
人のほとんどが見ようとはしない贖いの血を
ユダヤは問われ　反ユダヤは問いただされる
冬の雨　冬の雨　冬のひやひや雨
パレスチナの冬の雨は横なぐりに来る

「何」を問う　兵士たちの見張りの目
地元ガイドの手の平にのっているわたしたち
検問所をあとにして歩かされながら
あの壁　あの荊棘線の　棘という棘を
背にのせているように思えるわたしは
囲いのなかの小羊にすぎない

空気が張りつめていて切れそうなベツレヘム

目には見えないのだが
「何か」　生きものである痛々しい壁
ゆれる壁　さまよえる壁　なやめる壁が
この古い街にはあるように思える
それで　空は小さく低く見えるのだ

冬の雨　冬の雨　横なぐりの雨
恐れるな　おびえるな　雄々しくあれ
壁と壁とのあわいをすりぬけるように
わたしたちは四つ足で急いだ
いけにえの羊となったあの人の
降誕されたところへ

ずるいひと

ある日のたそがれどき
わたしは呼ばれました　あなたの王宮に
わたしはあなたの家臣ウリヤの妻
あなたはそれを知っていながら
わたしを寝床に××××××た
あなたは獅子　わたしはウサギ
かつて　戦場から戦場へと駆けめぐった
あなたの脚が　手が　舌のつるぎが
わたしを赤いウサギにした
夕焼けに染まる寝台のホオズキ色

はずかしめに染められるエルサレムの
深いふかい夜　痛い痛い夜ふけ
ああ　あなたの目は彗星のよう
ああ　わたしの全身は熟れた満月です
あなたという獅子に盗み食いされ
骨の髄まで×××られるウサギのわたし
ダビデ　あんたってずるいひと
わたしの夫はあなたの兵士
夫を激戦地に行かせたあなたの下心
夫を最前線に残して死なせた
ダビデ　あんたってひどいひどい
ダビデ　あんたってずるいひと
わたしはあなたの死の子を孕んでいました
ダビデ　あなたの子は呪われる　けれど

あなたは悔い改め　告白をしました
神に罪のゆるしを請いました
「罪を払ってください　洗ってください
雪よりも白くなるように」※
と祈りました
わたしのダビデさま

※『旧約聖書』詩篇五一・9

憎い人

アラビアの砂漠をいくつも越えて
わたしはやって来ました　あなたの宮殿に
貢物は　宝石　香料　白檀　金四千キロ
凛凛しいユダヤの王様
あなたのお顔は磁器のように美しい　そして
あなたの　瞳の磁石にこころを引かれました
あなたほど賢明で富み栄えた御方はいません
王様　あなたはいつも一番上にいる　けれど
わたしに火をつけてその気にさせた今宵
あなたの口車に乗るわたしが上よ

あなたは下からつきあげてきて　のぼせる
わたしはあなたという駱駝の上でのけぞる
もうめらめらとゆらゆらとぐいぐいと漕ぐの
セムハム　セムハム　セメ　ハメ　セメハメ
あぁぁ　あなたが攻めてわたしが締める
股間のジャブね　股間のジャズね
もう息もとまるような心を奪われる三日三晩
酔わされて骨ぬきにされて　果てるしあわせ
あぁぁ　凛凛しいユダヤの王様
あんたって　たらちねのおんなたらしね
何十人？　何百人？　乗せてきたの？
やがてわたしは帰りました　故国のシェバに
わたしはあなたの子を宿していました
ソロモン！　あんたって憎い人　けれど

憎らしいほどに賢い人　けれど
栄華をきわめたあなたでさえいつかは亡びる
みずからの上にのせたおんなたちと
そのおんなたちが拝む偶像のゆえに
けれど　ありがとう　ソロモン！
さようなら　ソロモン！

貧しい人

ネブカドネツァルは馬に乗ってやってくる
パッカパッカ　パッカパッカ　赤い馬に
アレキサンダー大王は馬に乗ってやってくる
バッカバッカ　バッカバッカ　黒い馬に

王のなさることはつねに兵士たちの目に
良いと映った　霞のかかった鏡の目
ポンティオ・ピラトは馬に乗ってやってくる
バカバカッ　バカバカッ　残忍という名の馬
いや　狼狽という名の青白い馬に乗って

馬の上は柵《しがらみ》の上だ　戦時にせよ平時にせよ

祭りの日
貧しい人は　ろばに乗ってやってくる
まだだれも乗ったことのない子ろばに
貧しい人は東の方から　都にやってくる
殺されるために

罪の奴隷として売られたわたしたちの
命を買いもどすために　彼は殺される
おおきな犠牲のそなえものとして
それが口にすべからざるものの特命だった

貧しい人は泣いた　都のために

彼が都の大通りをゆくと
出迎えたおおくの人が
自分の服をぬいで路上の絨毯《じゅうたん》にした

されど　救いを待ちわびていた人々の思いが
風に吹きとばされるもみ殻になることを
貧しい人は知っていた　されど
貧しい人は　ろばに乗ってやってきた

楽園

クリスマスの日が近づくと想う
ナザレの人のことを
いいえ　いつも想っています
その無実の人のことを

殺せ　殺せ　十字架につけろ
されこうべの丘に立つ三本の十字架
服を剥ぎとられ　手首に釘を打ちこまれ
無実の人は真ん中の木に吊るされている

その人を助けることは誰にもできない
殺せ　殺せ　嘲り　はやしたてる者の
ノンドは開いた墓あな
舌は呪いのツルギ

その人の両側の木にはふたりの強盗
強盗のひとりは真ん中の人をののしる
もうひとりの強盗は救いを求めている
その声には光沢とぬくもりとがあった

その回心した者に真ん中の人は言った
「あなたは今わたしと一緒に楽園にいる」と
「たわごとを言うな」ともうひとりの強盗
その声には闇と火の棘とがあった

紀元三〇年四月某日午後三時
太陽は空中の化石となっていた
無実の人は大声で叫び息をひきとった
だがその人にはよみがえるべき永遠の翼がある

無実の人と強盗は陰府《よみ》へ下った
強盗は無実の人とともにいる
そのナザレの人とともにいるということが
楽園にいるということなのです

スーパーマン・七つのしるし

1

われわれできそこないにはできなくとも
スーパーマンにはできるのだ
水がめの水をブドウ酒に変えることが
それもこっそり極上のぶどう酒に
婚礼の宴は華やかにかろやかに醸される
酔客たちはしらない　聖なる水のしるしを

2

われわれでくのぼうにはできなくとも

スーパーマンにはできるのだ
死にかけている病気の子供を助けることが
公務員の子であろうと路上の子であろうと
見立てることもなく　差別することもなく
助けを求める者へむける憐みのしるし

3

われわれでたらめなものにはできなくとも
スーパーマンにはできるのだ
あしなえの人を歩かせることが
それ　わきいづるいずみのみずの祝福
それ　おどりあがる噴水のみずしぶき喜び
それ　歩けといつくしむ　救いのしるし

4

われわれできそこないにはできなくとも
スーパーマンにはできるのだ
腹ぺこの人たちにパンと魚を与えることが
それも一万人の難民の腹を満たすことが
それからスーパーマンはどこかへ姿を消した
人々はただ奇跡を欲しがるだけだったから
スーパーマンは　超孤独だった

5

われわれでくのぼうにはできなくとも
スーパーマンにはできるのだ
嵐の海の上を歩き　嵐を鎮めることが
スーパーマンの弟子になりたいと

海の上を歩こうとする者は沈みかけた
なぜなのか　考えなおす機会を授けてくれる

6
われわれ愚かなものにはできなくとも
スーパーマンにはできるのだ
目の見えない人を見えるようにすることが
実は　スーパーマンの念力などではなく
スーパーマンを遣わした方の御心《みこころ》によって
世に光　天よりたまわるひかりのしるし

7
われわれ罪深いものにはできなくとも
スーパーマンにはできるのだ

死んだ男を生き返らせることが
スーパーマンは涙を流し　天に呼ばわった
「父よ、私の願いを聞いて下さり感謝します」
すると死んだ男が墓の中から立ってでてきた
おおセメイオン※よみがえる命のしるし

それからスーパーマンは
またどこかへ飛んでいってしまった
スーパーマンの七つのしるしによって
スーパーマンを味方とみなすのか
世間をさわがした敵とみなすのか
われわれはわかれた
信じる者と
信じることができない者とに

人々はいまだに奇跡だけを欲しがっているが
スーパーマンはどこへ行ったのか
誰もしらない

しかし　彼はやがて帰ってくる

※セメイオン（ギリシア語）＝「しるし」は奇跡の意味で使われている。

獄中記そのほか

見よ　わたしは戸口に立ってたたいている

バアル・アカンはつまずいた
目には見えない岩に　見えない岩が世に在るという
バアル・アカンは汚れた霊にとりつかれとりおさえられ
小屋に閉じ込められるらんるとされた　昼は　夜となり
夜は　蛭となってアカンの血を吸っていた　吸っていた

　呪われるだろう　いや　すでに呪われている
コップ一杯の水を飲めば　二杯分の苦い水を吐くアカン
つまずいた者の身に　針となる水　棘となる水　荊棘線
コップ二杯の水を飲めば　四杯分の苦い水を吐くアカン

ついに嘔吐　つぎに悪寒　アカン悪寒　悪寒の走る春だ

　咎められるだろう　いや　すでに咎められている
ゲエール　ゲエール　〈享楽がおわれば〉吐く吐く吐く
〈まるで食う者を狂わせようと　仕掛けられた釣り餌が
猛毒となるように〉　ゲラーサゲラーサ〈求めて狂い〉
口にして狂い　つまずいた者の身に釣り針となる水　水
〈恥ずべき放埒のあげくに精気を浪費することだ〉

　裁かれるだろう　いや　すでに裁かれている
汚れた霊がバアル・アカンを蹴って床に倒して　威張る
アカンは火の泡を噴く　火の泡火の泡　泡れな奴だアハ
〈泡となれ〉　欲の行為は　行為にいたるまでの欲望は
嘘つきで　飢えて　罰あたりで　無礼で　〈求めて狂い〉

口車狂い　口にしたあとも　その最中も　そのあとも泡
哀れを味わいつつ　終れば悪寒　アカンアカンただ悪寒
人をつまずかせる汚れた霊を　〈避けて通るすべは誰も
知らない〉　人はつまずく　目には見えない岩に　岩だ
見えない岩は在る　はじめから在るというものである

アカンの小屋の玄関先にスズメの夫婦がきていた
庭にモンシロ蝶の夫婦が仲良く舞っていた舞っていた
彼らはつまずくことはない　目には見えない岩に
洗濯物を乾すロープに蝿たちがとまっていた
ロープにぶらさがりながら交尾していた交尾していた
まるで見せつけるように　サーカスのように
彼らはつまずくことはない　目には見えない岩に
庭のペンタスの花は赤い十字架燃えていた燃えていた

小屋は密林とされた
アカンはよつ足であるく泥　這いまわる汚泥とされた
密林の木の根もとにからまる泥として生き　のびていた
アカンデイ　アカン泥　コンコン　コンコン　コンコン
木の幹を叩く者がいる　いや　密林の外から叩いている
ように聴こえる「見よ　わたしは戸口に立ってたたい
ている」　ひびきわたるノックの音　コンコンコンコン

〈　〉内はシェイクスピア『ソネット集』一二九番（高松雄一訳、成田篤彦訳）から借用あるいは参考にした。「見よ、わたしは戸口に立って、たたいている」（ヨハネの黙示録三・20）

アカン獄中記　一、

五月某日　曇り

持ち物はぜんぶ没収
すっぱだかにされて立つ
股ぐらのゴンボの根っこまで取調べ
なぶる者らはゆっくりとオレを捌くのだ
独房に　寝台　洗面台　出すところ
小さな窓に鉄格子のずぶとい指が立つ
空は血圧の高い壁だった

五月某日　曇り

光の鈍器になぐられる朝
なにも　することはない
なにもない壁と鉄格子を見つめていた
鉄格子の棒は　待ったのふりをする
うしろぐらい他人の錆びた指のようだ
ねむれない夜ねむらさない闇の鈍器
壁は天井だ　天井は壁だった

五月某日　曇り後雨

テンケン・ヨーイ！　番号！

〇〇〇番！　と答えねばならない
打たれる一本の釘として居る
人並は　窓の外　塀の外にある
人波は　寄せているだろう桜の花へ
獄舎を包囲する雨は
鉄筋となってふりそそぐ

五月某日　曇り

単独運動場へつれていかれる
目にはみえない足枷がついていて
回廊　階段をたどたど移動する
運動不足の者を咲《わら》いものにするため
目にみえない手錠

目にみえない猿ぐつわもかまされている
目にみえる花は　ここに咲《さ》かない

獄棟の　庭に蒲公英《たんぽぽ》　はや白髪

五月某日　雨

晴れまがすくないこの世は
雲がくれするものをおおくする
雑踏が好きな「悪」は
雨のなか　ひとびとのなかを徘徊している
悪はずぶぬれのままやってきて
オレのまえに立っていうのだ
「まんまとはまったな」

アカン獄中記　二、

五月某日　曇り後雷

あけがたみた夢
死んだオヤジが立っていた
にっこりほほえでいたんだ
あの世から　やってきたのか
オレの居どこなどしらないはずなのに
いや　知っていたのだろうか
誰かがあの世へ告げ口をしたのだ

独房に懺悔悩なし稲びかり

五月某日　曇り後晴れ

午後入浴　週に二度　五分以内
チクッチクッと棘のある目で監視されている
獄舎のとなりに公園がある
ゆうがた　こどものあそぶ声が聞こえた
いや　誰かひとりをいじめている集団の
棘　棘のある声のようだった
公園の防犯？　監視カメラは壊されている

六月某日　小雨

朝めし　ご飯みそ汁梅干やきざかな

四分くらいで食べなければならない
昼めし　スパゲッティ肉ダンゴ呑みこむ
晩めし　ご飯みそ汁なんだかわからぬ野菜
せかされ　残したものはすてられる
オレは残飯のようなものだ
渡り鴉は残飯でも腐肉でも喰う

六月某日　空　風邪ぎみ

ここにいれば飢え死にすることはない
ヒトにはスキギライがある
渡り鴉には好き嫌いがない　ゲロさえ喰う
サタンはなまみの人間を喰いものにする
やつにとって人間はごちそうなのだ

この世のなかにいれば
サタンは飢え死にすることはない

六月某日　晴れ後雨

面会室へつれていかれる
女房に穴があくほどみつめられた
無数の穴のあいたクラッカーとして居る
砕かれる　うすっぺらなものとして居る
こころ砕かれ　なき叫ぶものよ
ぬれぎぬの人を打つ世の　眼の釘
あなだらけだな

針雨よ腫か荊妻獄に立つ

アカン獄中記　三、

七月某日　曇り

サタンよ　あんたずいぶん太ったな
オレたちの魂を日ごとの糧にして
罪を犯した者は　旨いだろう
罰は外からなされるものではなく
罪そのもののなかに　在る　※
深夜　眠ったふりをするオレを生け贄にして
あんたは舌つづみを打っている

七月某日　曇り

チッチッピイピィ小鳥のさえずり
ちいさな空が窓のむこうにかすんでいる
霞　霧は大空にとって遠縁にあたる
方言をしゃべる小鳥の姿は　みえない
みえない者にとって慰めにはならない
小鳥からはちいさなオレなどみえない
誰かが塀の外で大きなことを言っている

七月某日　晴れ

風《かぜ》は死《し》んで居《い》る　飛行《ひこう》は自由《じゆう》だ

蠅《はえ》にとっての俺《おれ》は家畜《かちく》だ　豚《ぶた》だ
蠅《はえ》の如《ごと》く集《たか》る刑罰《けいばつ》と云《い》う奴《やつ》が
獄舎《ごくしゃ》に充満《じゅうまん》して猶溢《なおあふ》れて居《い》る日日《ひび》
蠅供《はえども》は文語訳聖書《ぶんごやくせいしょ》のルビの如《ごと》く五月蠅《うるさ》い
何人《だれ》かが俺達《おれたち》の罪過《ざいか》に因《よ》って
私腹《しふく》を肥《こ》やして居《い》る

炎天下獄棟（道）の豚よく焦げる

七月某日　晴れ後曇り

ここから満月の金貨の顔はみえない
みるものがないから目がかすんでゆく
壁についているちいさな鏡をみた

老人班のあるオレの顔　ふるびた銅貨だ
磨いてやれば生まれかわれるのかどうか
鏡よ鏡　鏡にサタンの顔は映らない
罪の深い人間は呪われた顔で映る

七月某日　晴れ

この世を捨てたふりをするのには
都合がいいが退屈だ　吸いたい　呑みたい
ああ×××の×××に槍となって××たい
ひまだから上から読み　下からよみあそび
うたう　しるし　黄泉世　しぬし
だれもが一度は罪に対して死ぬ
死んだふりも罪になる　ほんとうか

捧げ物サタンにもあり熱帯夜

七月某日　大雨

どこにでも　やさしいひとと
やさしくないひとがいる
ちょっと目をあわせただけでわかる
視察口から監視する者の
悪霊から選ばれたことを知っている目
太陽は終日消えたふりをしている
汚れた雨をふらせる　空はやさしくない

八月某日　快晴

朝早くから蝉がうるさい
断じて合唱ではない
だれが他人と口をあわせて歌うものか
奴はたった一度の自己を独り鳴いているのだ
高い塀の外では一人ひとりが身勝手だ
サタンはますます太ってゆく
まるごと裁かれる日は　近い

クマゼミや遠き釈放哭きやがれ

※あなたは、すべて秩序をはずれた魂というものは、それ自身がそれ自身にとって罰となるように定めたもうた（アウグスティヌス『告白』第一巻第十二章）。

二月のウォーキング

ルート３３１号をゆく
歩道の横は子だくさんのギンネム林
リュウキュウコクタンの並木道を歩く
並木となかよしの車輪梅
生きている　生かされている
道ばたの花タンポポは子だくさん
主の目にかなうこと　子だくさん

アッチュン　アッチュン

歩いて歩いて腰から下は常緑にする
カセットコーダーのテープで
メシアニック賛美を聴きながら
歌いながら　ゆうひ川大橋をわたる
太平洋が目にはいってくる
立ちどまってはいけない

橋の下　ゆうひ川とともに歩く
（走らなくっていいんだよ　おじさん）
金城鮮魚店の前をとおり
南国食堂の　前をとおり
港川《みなとがわ》漁港はぐるうっとひとまわり
太平洋が目にはいってくる

風　風　春一番は冬の海の皮を剥ぐ
走る白波　海上も跳ねるしろ兎（イナバの）
ウサギよ　撃つものにホホを与えよ
じゅうぶん　誹謗《そしり》と恥を受けよ
背後にあるものの御手こそ信じて
うおうさおうしてはいけない
主の目にかなうことをつづけよ

アッチュン　アッチュン
魚安《うおやす》市場の前に来ると
客のいない田舎のバスに追いこされる
（もう走らなくっていいんだよ　おじさん）
歩いて歩いて腹から下は毛虫《キャタピラー》にする
ゆうひ川にかかる堀川橋をわたれば

もうすぐだ　終わりと始まり

アッチュン　アッチュン
ルート17はすこしのぼり坂
歩いて　歩いて　歩いて
からだが湯たんぽになっている
アイ　桜　桜が満開だ

※アッチュン＝歩く。アイ＝あら、おや、やあ（共に沖縄語）。

八月のウォーキング

国の道は横切る
キビ畑のひろがる村の道をゆく
アダンのあを　パパイアのあを
ハイビスカスの赤　ブーゲンビレアの赤
キビ畑の道を歩いてゆくと
仙人掌《サボテン》の花がジャンケンをしている
ウォーキングコースはバロックだ
牛小屋の牛が朗唱する
野羊の親子が合唱する

むこうの林のハトらのオラトリオ
リュウキュウアブラゼミはソロ
そろ辞世の句でも　と歌っている

クワンクワン　クワンクワン
太陽　急降下して　脳内を撃つ
歩いて歩いて鳴るは体内オルガン
歩いて人は移動する窯となる
燃えさかる炎の窯　海をめざす
アトリエから歩いて九分　海にでる
海辺をバッハバッハ歩いて十二分
運動靴をはいたまま海にはいる
海ノナカヲ　アルクノダ
　むかし　海の上を歩いた人がいた

ほんとうに　歩いたのか
　信じていなかったわたしにあゆみの呪い
海にはいってブリーフを脱ぐ

まっぱだかで　アルクノダ
すると　南の海はぬめっとした水の手で
かたちのいいわたしの尻をなでてゆく
かたちのわるい前のモノはどうしてくれる
見よ　うらやましいか
沖合に隆起する若くて美しい入道雲

海のなかをまっぱだかで歩く
わたしは蟹になっている　または蛸に
自由の身となったブリーフは

くらげとなり　マンタとなっている
泳ぎながら　身をゆだねているよ
泳げないわたしにあゆみの呪い
歩かされているのだ
おかしてきたあやまちの罰として

海のなかを歩く　歩く
海の上を歩いた人のことを想って

あとがき

ここに収めた拙作は、二〇〇七年から二〇一一年までに詩誌に発表したものです。ただし「ずるいひと」は未発表です。三年前の『逃れの島』以後の作品もありますが、大半は前詩集の収録作品と同じ時期に授けられたものとなっています。

ところで、わたしがイスラエル旅行に恵まれて行くことができたのは、二〇〇四年の末から翌年の一月にかけてでした。イスラエルは、生涯忘れることのできない国です。この小詩集を『死海』としたのは、聖地旅行と聖書を題材にした「イスラエル詩編」を温存しつつ、いつかはまとめてみたいという思いがあったからです。

なぜ、イスラエルなのか。イスラエルとキリスト教の母体であるユダヤ教との関係を、しっかりと考えていない人が一般的には多いのではないでしょうか。しかし、旧約聖書を一読するだけでも、唯一の神がイスラエルを選んだことは明白です。イスラエルとはアブラハム、イサク、ヤコブの肉体的な子孫です。そして今もなお、神に属する特別な民なのだといえます。ところが、「神がイスラエルを退け、それを教会に置き換えた」という置換神学を支持する教会が依然としてあります。これはキリスト教神学のうちで、最も排斥されるべき教理の一つです。また、ナチスを始めとするヨーロッパ諸国のユダヤ人迫害はくり返され、現在（二〇一四年）、ウクライナでも再熱しているという状況があります。

反ユダヤ主義は、キリスト教国によるユダヤ人への「キリスト殺し」の嫌疑を植え付けたものであり、クリスチャンの思考に影響を及ぼし続けています。けれども、聖書を字義どおりに解釈し、イスラエルに向かって祈り、支援しているキリスト者が多く存在していることも確かな真実であります。

ヨーロッパやヴァチカンにではなく、わたしはエルサレムにだけ顔を向けます。われらの尊き主イエシュア（イエス・キリスト）は、イスラエルの、エルサレムの、オリーブ山に戻ってこられると、わたしたちは堅く信じています。まことに、まことに。

二〇一四年四月　イエスさまの復活された四月　著者

著者来歴

髙橋渉二（たかはし しょうじ）
一九五〇年二月三日　札幌市に生まれる

詩集
一九七〇年『春の裸像』自家版
一九七一年『ゴリラがゆく』ねぐんどの会
一九七四年『古代自転車狂』創映出版
一九七八年『愛と腹話術』書肆山田
一九八一年『群島渡り』沖積舎
一九八五年『油男』オリジナル企画

二〇〇二年『月の山』ダニエル社
二〇〇五年『昇るしるし』ダニエル社
二〇〇七年『とんちんかん』土曜美術社
二〇一一年『逃がれの島』アトリエ「砦」

紀行・論文集・小冊子
一九九一年　エッセイと版画『遥かなるバリカン』自家版
二〇〇七年『イスラエル・ノート』ダニエル社
二〇一二年『聖書に登場する動物たち〈カラスの巻〉』アトリエ「砦」その他

著者現住所

〒 902-0063
沖縄県那覇市三原 1-18-18
富原 MS503

アトリエ

〒 901-0615
沖縄県南城市玉城堀川 556-1

詩集「死海」

髙橋渉二　著

2015年2月9日　発行者 笹井奈緒子

発行所　マルコーシュ・パブリケーション
滋賀県東近江市種町 1626
TEL 0748-43-2750　FAX 0748-43-2757

定価　（1400円＋税）
印刷所　モリモト印刷

落丁・乱丁本はお取り替えいたします。